U0004951

瑪格達萊娜‧海依（Magdalena Hai）

一位生活在芬蘭馬斯庫鎮（Maskun）森林裡的童書作家。
是奇異事物的愛好者，她認為就算長大成人，也不該停止玩耍。
其作品跨流派，經常結合科幻、奇幻和恐怖的元素。

曾榮獲芬蘭文學出口獎（Finnish Literary Export Prize），
芬蘭兒童和青少年文學獎（Finlandia Prize for Children's and Youth Litetature）
以及北歐兒童青少年文學獎（Nordic Council Children
and Young People's Literature Prize）提名。
著有《惡夢雜貨店》、《乞丐公主》等。

提姆‧尤哈尼（Teemu Juhani）

芬蘭插畫家、圖畫書製作人和漫畫藝術家，插圖作品可見於 30 多個國家。
除了童書外，提姆同時出版插畫雜誌和教材。

PAINAJAISPUOTI
JA KAMALA KUTITUSPULVERI

歡迎光臨惡夢雜貨店

可怕的癢癢粉

晨星出版

屁沙，
雜貨店幽靈

- 心地善良的幽靈
- 相當於人類年齡十歲
- 幾年前，在一場放屁笑話和炸魚條引起的意外中不幸過世

妮妮，
雜貨店小幫手

- 鬼靈精怪的九歲小女孩
- 個性非常固執……才不是，是意志力堅定
- 非常喜歡小貓咪和酸溜溜的糖果

章魚怪羅利斯，
雜貨店吉祥物

- 聰明絕頂的章魚
- 老闆怪爺爺的怪寵物，可不是嗎？
- 沒有一個地方能逃得過牠那滑溜溜的觸手

怪爺爺，
雜貨店老闆

- 非常古怪的老紳士
- 留著像海象一樣的鬍子
- 經常在自己的店裡迷路

伊爾瑪奧斯特瓦，
冰淇淋小販

- 愛死了各式各樣的冰淇淋
- 染了一頭像彩虹般七彩的頭髮
- 有時候會做惡夢，夢到女士們被肉餡餅大口吃掉

錢包只剩半毛錢

　　妮妮有一個煩惱。更確切
點來說，應該是兩個。喔，不，
應該是三個。等等，真的只有三
個嗎……

　　當妮妮想到自己居然有這麼
多煩惱時，她決定列出一個清單。

妮妮 的 煩惱：

1. 我 想要 一輛 腳踏車

（全世界 最想要 的東西 就是 腳踏車！）

2. 我 沒有 錢 可以 買

腳踏車，可是……

3. ~~我有錢可以買支冰淇淋！~~

這倒是 沒有 問題！

4. 如果 想要 更多 錢，

我得 找 一份 工作。

5. 九歲 小孩 可以

有 工作 嗎？

當然 不可以！

妮妮用她身上剩下的所有錢買了超級大甜筒，上面有三球冰淇淋。然後她決定找個大人，詢問找工作的事。

　　「妳想要工作？！」冰淇淋攤的老闆娘伊爾瑪奧斯特瓦輕哼了一聲。「誰會想請一個九歲小孩來工作呢？沒有人會這麼做，除非是個**超級瘋子……**」

　　說完後，伊爾瑪豎起大拇指，朝一間外觀看起來很古怪的商店指了指。

惡夢
雜貨店

　妮妮大口吃完冰淇
淋後，仔細地瞧了瞧商店
的櫥窗。

　「哇，是巫毒娃娃，
看起來好棒啊！」妮妮讚
嘆著。

　「但是這地方
看起來真的好
髒亂喔……」

老闆身陷險境

妮妮輕輕推開商店大門。「哈囉？有人在嗎？」

店裡黑壓壓的，一片鴉雀無聲。突然間，櫃檯後方傳來一陣低沉的笑聲。妮妮小心翼翼、躡手躡腳地走到櫃檯前，伸長脖子一探究竟……

「哈囉！」只見一個老人家躺在地上，一邊發出笑聲，一邊瘋狂地揮舞著自己的四肢。

「不好意思，請問您是這家店的老闆嗎？」妮妮問道。

「呵呵呵！嘻嘻嘻！」老人家只是繼續不停地笑。

妮妮心想這個人也太沒有禮貌了吧，難怪店裡連一個客人也沒有。

「關於您展示的櫥窗，我有幾個很棒的點子。」妮妮開口道。

可是這個老人家只是繼續笑個不停，這個地方一定有問題。

「嘿嘿嘿！呵呵呵！」這是老闆唯一的回應。

這時他的手指向妮妮手上拿著的那張紙條。

「誠徵幫手……」妮妮大聲唸出來。

「請您不要再笑了，好嗎？」

「嘻嘻！」

「哦，我的天啊！
誰可以幫幫我啊！」

救命啊！ 這裡有鬼！

「嗯哼！」妮妮身後傳來聲音，聽起來非常有禮貌。

「幽靈！」妮妮大聲叫道。

「不要害怕，我也想要幫幫怪爺爺。」

「那你是誰？」妮妮鼓起勇氣問道。

「我的名字叫屁沙。」

「嘿哈呵！」老闆發出一陣笑聲。

「為什麼你全身都是綠色的？」妮妮好奇地問。

「這只是一種靈衣。」

「一種靈……什麼？」

「靈衣，一種幽靈黏液，」屁沙解釋道。「就像這樣子。」

「哇！」妮妮發出讚嘆聲，但是隨即就用手捏住自己的鼻子。「也太臭了吧！」

「怪爺爺同意我住在店裡。」屁沙說道。「我負責清理黏液，維持店內整潔，還有嚇跑小偷。」

「那位就是怪爺爺嗎？」

「對、呵呵！」店老闆回答道。

「他到底發生了什麼事？」妮妮問道。

妮妮仔細打量著這個老人家。他的衣服上面有一層看起來很奇怪的粉末，甚至連鬍子上都有。

「哈……哈啾！」老人家打了個大噴嚏，並指了指放在地上的那個鍋子。

癢癢粉
不可使用在人類身上

　　屁沙搖了搖頭。「哎呀呀！
有人在他身上灑了癢癢粉。」

　　「是誰做出這麼可惡的事啊？」
妮妮疑惑地問道。

瓶瓶罐罐

「我們必須找到解藥才行，」屁沙著急地說。「一罐不再癢癢粉。」

「但是要去哪裡找呢？」妮妮問道。

「一定就放在這裡的某個地方……」屁沙一邊喃喃自語，同時身體也變得越來越透明。

妮妮開始走向商店後方。

「這裡看來非常需要一個新的幫手！」

店裡頭有一條長長的走廊。沿著走廊兩側是一排排的房間，裡面擺滿了各種奇妙的東西。

「真是太不可思議了！」妮妮睜大眼睛，感到驚嘆不已。

「很酷吧！」屁沙驕傲地說。

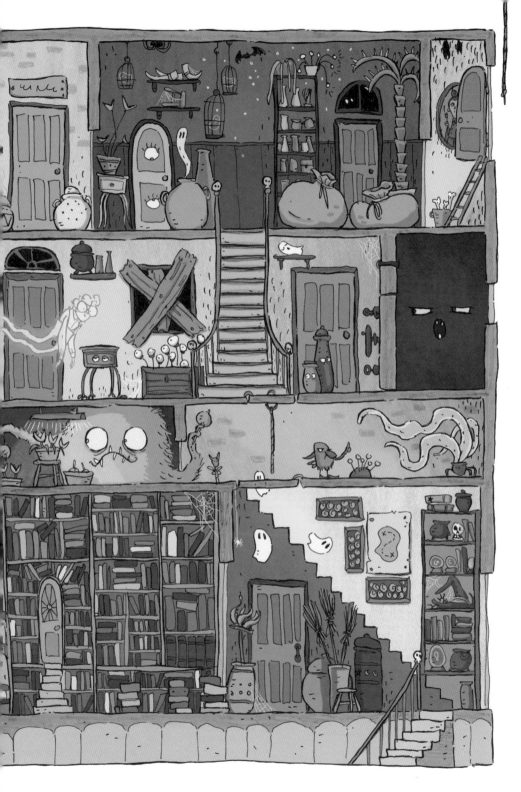

　　在其中一個房間裡，妮妮看到了一隻章魚，牠的觸手上綁著幾隻溜冰鞋。

　　「這是章魚怪羅利斯，他是怪爺爺的寵物。」屁沙在妮妮耳邊小聲地說。

　　「千萬要小心這個傢伙。」

　　「我會的……」妮妮邊回答，邊努力回想章魚是不是有毒。因為羅利斯看起來並不是很危險的樣子。

　　過了一會兒，妮妮和屁沙終於找到一間擺滿解毒藥劑的倉庫。

屁沙仔細檢查標籤，並看看這些不同的瓶瓶罐罐裡面，到底裝了什麼東西。

　　「太噁心了！」屁沙做了個鬼臉。「雖然我是個幽靈，但是我絕對不會想要嘗試這些東西！」

　　「你看！上面！」妮妮驚呼道。

妮妮從角落裡搬出一把梯子，毫不猶豫地直接爬到天花板上。她從最頂端的架子上拿出一個玻璃罐，瞧瞧標籤上寫了什麼：

「不──再──癢癢──粉。」

「就是這個！」屁沙高興地叫了出來。「現在我們可以拯救怪爺爺了！」

「太棒了！」妮妮感到非常高興。她邊用嘴吹氣，邊用手撥掉玻璃罐上的灰塵。

「哈啾！」屁沙忍不住打了個噴嚏。

破壞王羅利斯！

　　妮妮從樓梯上走下來，手裡拿著玻璃罐。就在這個時候，章魚怪羅利斯腳上穿著溜冰鞋，飛快地繞過店內角落，迎面撞上了妮妮。

　　「救命啊！」

　　妮妮的腳被羅利斯的觸手纏住了。她整個人摔倒在地上，只見玻璃罐往高處飛去，在半空中劃出一道弧線，接著掉到地上。

「喔不！羅利斯老是搞破壞！」屁沙生氣地尖叫大喊。

章魚怪羅利斯八隻腳全穿著溜冰鞋，扭擺著他的觸手後急匆匆地溜走，屁沙綠色的拳頭在空中憤怒地揮舞著。

「這個……這個笨蛋！」

「你有看到玻璃罐滾到哪裡去了嗎？」妮妮問道。

「沒有，」屁沙沮喪地說。「我們再也找不到它了！」

蜘蛛問題

妮妮和屁沙到處找
「不再癢癢粉」。

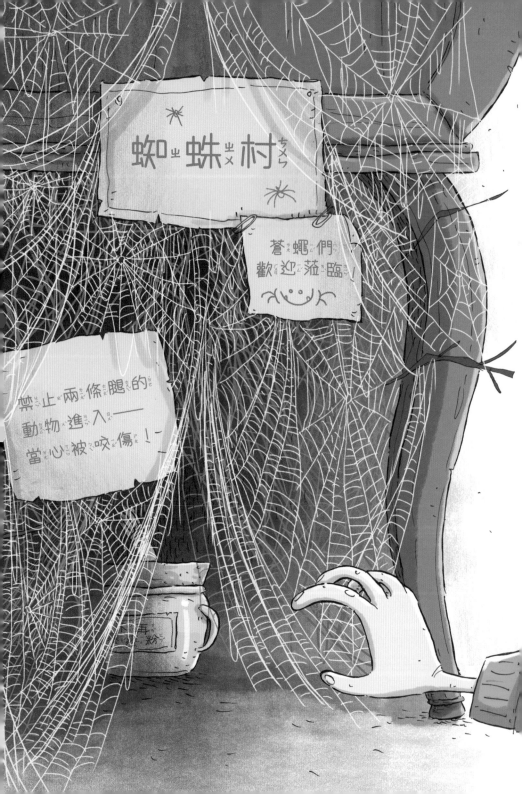

最後，他們終於在一個布滿一層又一層蜘蛛網的梳妝檯下面，找到了那個玻璃罐。

「沒有人能從蜘蛛村的天羅地網裡拿回任何東西的，」屁沙警告，「我曾經在那裡弄丟過一盒蜥蜴眼球。」

「真噁心！然後呢？」

「我就沒辦法烤眼球蛋糕給怪爺爺吃了，他非常喜歡吃這種口味的蛋糕。」屁沙回答。

「那還真是討厭呢！」妮妮說道。同時，想都沒想就將自己的手伸向玻璃罐。

「好痛！」妮妮大叫一聲，抽開了自己的手。一隻頭上戴著圓頂禮帽的蜘蛛，帽簷下方的眼神怒氣沖沖地瞪著妮妮看，並惡狠狠地露出他那可怕的毒牙。他是蜘蛛村的村長，長腿先生。

「他不想要你把蜘蛛網弄壞。」屁沙猜測道。

妮妮咬著自己的嘴唇。「哦，對不起！」

「您可以把玻璃罐推出來給我們嗎？」屁沙非常有禮貌地詢問村長先生。

「怪爺爺遇上大麻煩了，我們急需那些藥粉拯救他！」

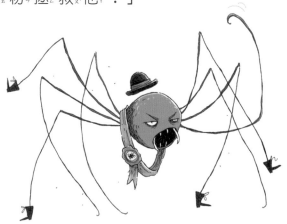

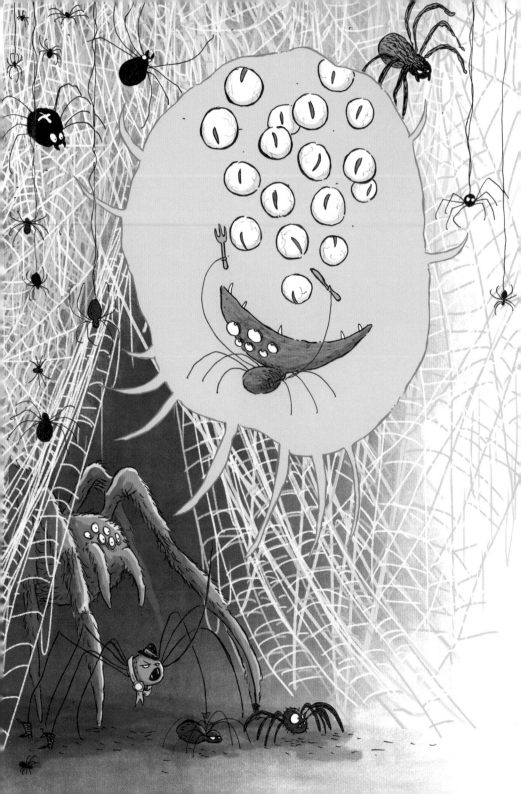

「好吧。如果屁沙答應帶更多的眼球來給我們的話，我們現在就把玻璃罐還給你們。」村長先生狡猾地說道。

「沒問題！」妮妮喊道。

梳妝檯底下傳出哐噹哐噹的聲響。過了一會兒，玻璃罐穿越層層蜘蛛網滾了出來。

「怪爺爺一定會不高興，這些蜘蛛老是想辦法偷走店裡的眼球。」屁沙唉聲嘆氣完後翻了白眼。

就在這個時候，店裡傳來怪爺爺放聲大笑的聲音，這次特別的響亮。

不再癢癢粉
使命必達！

　　妮妮全速奔跑著，手裡緊緊抓著那罐不再癢癢粉。

　　「怪爺爺我們來了！」

　　「堅持住啊！」屁沙氣喘吁吁地說道。

　　「請保持鎮定啊！堅持住！」妮妮喊道。

50

這是什麼情形？！

章魚怪羅利斯坐在怪爺爺的肚子上，用八隻觸手不斷搔癢著惡夢雜貨店的老闆！

「嘿！馬上走開！」妮妮大聲喊道。

但是，章魚怪羅利斯只是狠狠瞪了他們一眼。

「這隻章魚腦袋肯定有問題！」妮妮說道。「我們現在該怎麼辦？」

「等等。」屁沙邊說邊掏著自己的口袋。

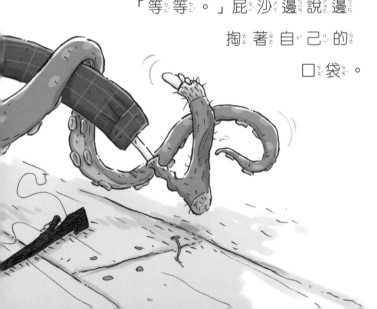

　　屁沙掏出一坨超臭的綠色幽
靈黏液，並用盡全身力氣直接把它
扔到章魚的身上。

　　「他非常討厭這種黏液！」

　　章魚怪羅利斯憤怒地大吼一
聲，然後急急忙忙地滑進放在角落
的一個澡盆裡。

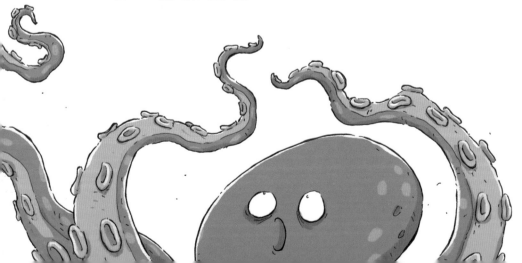

「這店裡面為什麼會有澡盆？」妮妮感到很不解。

「喔，那個啊。那是羅利斯的地盤。」屁沙咧嘴一笑。

羅利斯觸手拿起一把刷子，拚命刷洗自己的胳肢窩（他有不少個呢！）。

怪爺爺因為笑得太久，臉頰泛著紅光，鬍子也因過於疲累而捲曲起來。

「哈……」當妮妮打開玻璃罐時，店老闆鬆了一口氣。

妮妮將不再癢癢粉灑在怪爺爺身上，可憐的老闆一個勁兒地搔癢著自己的身體。

「呵呵！哈哈！嘻嘻！」怪爺爺發出最後的嘻笑聲。

妮妮的新工作

「噢！這真是一場笑劇！」怪爺爺邊說邊擦乾眼角的淚水。「我想一定是羅利斯爬上店裡的貨架時，不小心將一罐癢癢粉給推倒了。」

妮妮和屁沙同時揚起了眉毛。真的是不小心嗎？！

「好了，現在好好告訴我你是誰。」怪爺爺仔細瞧著妮妮。

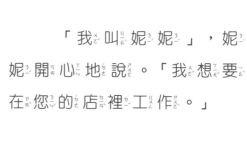

「我叫妮妮」，妮妮開心地說。「我想要在您的店裡工作。」

「嗯，」店老闆想了一下。「我的確需要一個幫手，尤其是屁沙對灰塵過敏，我的方向感又有點……」

「怪爺爺常常在自己的店裡迷路！」屁沙輕聲對妮妮說道。

怪爺爺繼續說道：「不過這裡有時候真的很恐怖喔！」

「我ㄨㄛˇ一ㄧ點ㄉㄧㄢˇ也ㄧㄝˇ不ㄅㄨˋ害ㄏㄞˋ怕ㄆㄚˋ！」
妮ㄋㄧˊ妮ㄋㄧˊ向ㄒㄧㄤˋ老ㄌㄠˇ闆ㄅㄢˇ保ㄅㄠˇ證ㄓㄥˋ，並ㄅㄧㄥˋ開ㄎㄞ始ㄕˇ
幻ㄏㄨㄢˋ想ㄒㄧㄤˇ著ㄓㄜ˙擁ㄩㄥˇ有ㄧㄡˇ一ㄧ輛ㄌㄧㄤˋ全ㄑㄩㄢˊ新ㄒㄧㄣ的ㄉㄜ˙
腳ㄐㄧㄠˇ踏ㄊㄚˋ車ㄔㄜ。

惡夢雜貨店的老闆輕輕摸著自己的鬍子。

「屁沙，你覺得這件事怎麼樣？」屁沙興奮地猛點頭。

羅利斯坐在澡盆裡生悶氣，從來就沒有人問過他對任何事有什麼意見，也真是幸好沒有。

「那好吧，」怪爺爺邊說邊伸出手。「歡迎加入惡夢雜貨店！」

「太好了！」妮妮和屁沙異口同聲大喊。

歡迎光臨惡夢雜貨店

弄丟牙齒的吸血鬼

沒有牙齒的吸血鬼還讓人害怕嗎？

冰淇淋攤販的老闆娘遭到吸血鬼咬了一口！
但是她不是尖聲大喊救命而是：「噁心！」

原來吸血鬼盧阿光的牙齒不見了，
吸血鬼沒了牙齒那還是吸血鬼嗎？

除了盧阿光的尖牙外，
惡夢雜貨店和冰淇淋攤販也開始陸續遭竊了！

吞下世界的貓

貪婪造成的破壞力巨大，
微小純真的信念，也具有無窮的力量

一個瘦小的女孩，遇上了肚子咕嚕咕嚕叫著的大黑貓，
貓兒已經吃掉了很多東西，還是止不住飢餓，
他也想把眼前這個比他腳爪還要小的女孩給吃了。

女孩求貓兒給她一天的時間，她會在一天內幫他找到食物，
但若一天後仍未找到可以取代女孩的食物，
黑貓將會吃掉她……

2024 年 4 月出版

國家圖書館出版品預行編目資料

歡迎光臨惡夢雜貨店：可怕的癢癢粉/瑪格達萊娜·海依（Magdalena Hai）著；提姆·尤哈尼（Teemu Juhani）繪；
陳綉媛 譯. -- 初版. -- 臺中市：晨星出版有限公司, 2024.03
面；14.8*21公分. --（蘋果文庫；158）
譯自：Painajaispuoti ja kamala kutituspulveri
ISBN 978-626-320-773-8（精裝）

CIP 881.1596　　　113000996

蘋果文庫 158

歡迎光臨惡夢雜貨店：可怕的癢癢粉
Painajaispuoti ja kamala kutituspulveri

作者——瑪格達萊娜·海依（Magdalena Hai）
繪者——提姆·尤哈尼（Teemu Juhani）
譯者——陳綉媛

編輯：呂曉婕

封面設計：鐘文君｜美術編輯：鐘文君

創辦人：陳銘民｜發行所：晨星出版有限公司
407 台中市工業區 30 路 1 號｜TEL：(04) 23595820｜FAX：(04) 23550581
Email：service@morningstar.com.tw
行政院新聞局局版台業字第 2500 號｜法律顧問：陳思成律師

讀者服務專線：(02) 23672044 / (04) 23595819#212
讀者傳真專線：(02) 23635741 / (04) 23595493
讀者專用信箱：service@morningstar.com.tw
晨星網路書店：http://www.morningstar.com.tw
郵 政 劃 撥：15060393（知己圖書股份有限公司）
印　　　刷：上好印刷股份有限公司

初版日期：2024 年 03 月 15 日
ISBN：978-626-320-773-8
定價：新台幣 350 元